KB275142

건반 치는 닭

건반 치는 닭
© 2025 이산야

초판인쇄 | 2025년 12월 15일
초판발행 | 2025년 12월 16일

지 은 이 | 이산야
펴 낸 이 | 배재경
펴 낸 곳 | 도서출판 작가마을
등   록 | 제 2002-000012호
주   소 | (48930)부산시 중구 대청로 141번길 3, 다온빌딩 501호
　　　　　T. 051-248-4145, 2598   F. 051-248-0723   E. seepoet@hanmail.net

ISBN 979-11-5606-300-1   03810   정가 15,000원

※ 이 책의 무단전재 및 복제행위는 저작권법에 의거, 처벌의 대상이 됩니다.

이산야 동시집

건반 치는 닭

도서출판
작가마을

건반을 톡톡 치는 닭처럼

우리 모두는

저마다의 방식으로

세상의 소리를 낼 수 있는 존재입니다.

이 동시집이 아이들에게 용기와 미소가 되는 선물이
되기를 바랍니다.

2025년 12월

이산야

제2부 ◆ 호랑이 콩이 두더지를 만났다

차례

제3부 ◆ 입술 빨간 모기

이산야
동시집

건
반
치
는
닭

이산야
동시집

드디어 9층이다

건반 치는 닭

살 살 살
고양이가 되었다

톡 톡 톡
강아지처럼 올라간다

허걱
한 발 두 발

송글 송글
이슬비 내린다

헉 헉
슈퍼맨이 뛰며

건반 치는 소리
드디어 9층이다

빨간불 놀고 있다

빨간 풍선
두 둥 두 둥

내 마음
　도
　　동
　　도
　　동

학원 시간 늦었는데
내 마음 모르는 신호등 놀고 있다
건너야 되는데

땅개비 되어볼까
잠자리 되어볼까

친구들 다 왔을까?

초록 신호등으로 색칠할까
슈퍼맨 되어볼까

초록불 까닥 까딱
달리는 마차

케이블카

밀림 속
뱅글 뱅글

돌아가는 바람개비

야호!

탱볼 미니
탱볼 성게
럭비공처럼 굴러간다

나무 사이 꼬불꼬불
하늘을 날고

탱탱 튀어 오르는

밀림 속 캥거루 나무 타기

모자

우박이 내려도
쌩쌩 바람이 흔들어도

친구야
너
이름은?

여름이 되면
고양이 한 마리
초록 그림 좋아
낮잠 쿨쿨

노랗고 빨간
너를 보며
그늘이 뭔지 생각해 본다

쓰레기

노란 냄새
미세먼지 피어 피어

눈도 간질 코도 근질
콜록 콜록 콜

무심코 버린 하얀 종이
지구 온도 올라간다

뜨거워 아뜨!
빙하가 녹는다
　　슬
　　슬

배 홀쭉한
북극곰 살길을 찾아간다

뜀뛰기 하는 아기상어

파도는 커다란
지우개 되어

짜르랑 짜르르

동박새 붉은
노래 부르고

엄마 상어

두손 벌려

폭풍우 같은
박수 친다

스르륵 쫘 악

가스레인지

불은

커다란
　바
　오
　밥

나무 한 그루

접시 위에 자란다

불은 보이지 않는다

비석

말없이 서 있는 너
내 마음을 울린다

배롱나무 그늘 속에
기다리는 너의 모습

묵묵하게 빛나는 햇살처럼

春夏秋冬

보도블록

너는 커다란 손수건

나는 어제도 오늘도
한 걸음 두 걸음

동쪽으로 갈까 서쪽으로 갈까
이리저리 헝클어진 지도

메모장에 그려지는
바쁜 건물들

쭉쭉 요가 하는 지우개
까맣게 물들어

비 젖어 반짝이는 모습
빗물 흐르듯 사라진다

아파트 오일장

기다란 어묵
기찻길 만든다

사세요

커다란 목소리
코끼리 귀처럼 흔들

동그런 도넛은
둥실 둥실
갈색 기름 속에 다이빙

사세요

투명 반찬통
닭꼬지 어묵 담아
집에 간다

흔들흔들 나뭇잎 재치기 한다

악어새 치과

얼굴엔
초록 소공포

입을 벌려
후후

진동 소리 드르륵
가슴 쿵쿵

언제 끝나지
입 벌린 내 모습

악어 되었네

연못

두 다리 쭉쭉
필라테스 하는
물방개

어디로 갈까

제트기처럼 빠르고
스컹크 방귀처럼 빠르다

물방개는 날개 사뿐
지그재그 낙서한다

빙글빙글
잠자리채

빙글빙글
물방개

겨울방학

보도블록 한 걸음
깨금발 올려
뜀뛰기 한다

오른발 왼발
척척
발자국 스케치북 쌓인다

뛰고 굴리고
붕어처럼 날아오른다

할아버지
가로등은
기분이 좋아 허허

그래도 조심해서 놀아

도배

얼룩말 한 마리
뛰어다닌다

벽지도 나이를 먹나봐

한 꺼풀 두 꺼풀

숲속 주인공 점박이 하이에나는
사라진다

쓱쓱 드르륵

도배사 아주머니
손놀림 요술쟁이

쓱쓱 쓱
조팝나무 꽃이 피었다

비행기

활주로 빙글빙글
날갯죽지 내밀고

알바트로스 새가 되었다

구름 속 날개는
하얀색 종잇조각 만들어
요술처럼 달린다

구름조각 둥둥
얼음조각 동동

잠자리채 담아볼까
송골매 새가 되어

동그란 동전

방바닥에 풀어
갈림길 만든다

1층 2층 3층 ……
아파트 만들어

하나 둘 셋 ……
땡그랭 땡

날쌘돌이 기분이 좋아

피카츄 저금통
출동할거야
열기구 타고

돼지 저금통은 삐쳐서
코를 킁킁 거린다

2

호랑이 콩이 두더지를 만났다

늘씬한 오이

소금으로 싹싹
찬물 샤워해

아, 시원해

수영장 안에
올챙이 꿈틀

기지개 편다
쭉 쭉

두 팔 벌려
요가를 한다

여름 냄새 흡흡

대나무 숲속
개구리 포올짝

길쭉 길쭉
점프한다

산성비

까맣게 이끼 낀
베란다 창문

코끼리 귀 흔들거린다

선풍기 바람
싱 씽 쌩

콧물이
주르륵

아~하품
잠이 온다

달팽이 모자 씌워줄까

더듬이 같은 비

병아리 콩

냉장고에서
야호 야호 뜀뛰기 했다

뻥튀기 되어서

호랑이 콩이 두더지 만났다

두더지야
내 그림 보았니

응

알록달록 네 모습
뻥튀기잖아

땅을 헤집고
지하철도 건너서

뻥튀기 사 올게

퍼즐

퍼즐은 릴레이다
퍼즐은 숨바꼭질

퍼즐은 징검다리
퍼즐은 소풍이다

퍼즐은 축구공이다

꽃이 피었다
날비◆ 날고

무당벌레 풀색 꽃무지
진딧물
스멀스멀

개미도 풍선 불고

◆ 많이 오지않고 조금 내린 비

자전거

우리 아파트
뒤뜰 구석진 벤치

자전거가
엎드려 낮잠을 잔다

낙엽들은 뜀뛰기
뚝 뚝
떨어지는 빗방울

친구가 좋아
페달을 가지런히
돌렸던 어제의 꿈을 꾸는지

꿈을 굴리는 파란 바퀴

점토

몰캉 몰캉

할머니가 주신 된장 담을까
엄마가 사 오신 간장 담을까

기후 팔찌 만들고
초신성을 볼 수 있는 시계 만들어

뚝딱 뚝딱
우주에 된장 나르는

토끼 항아리

놀이동산

아파트 화단
소나무 쭉쭉

솔방울
    똑
     똑
회전 그네 탄다

바람 불어 톡
송 송 송
작은 다람쥐

토닥 토닥
나무 꼭대기 앉아
숲속 커다란 씨앗

텔레토비 그려진 31번 버스

도닛 캔디
알록달록

껌벅 껌벅

뚜비가 손짓한다

텔레토비 그려진
31번 버스

휭 떠나버리는
하이에나

조금만 더 기다려줘

뚜비는 달린다
부릉 부릉

고양이 잠

자석처럼
눈꺼풀 내려간다

두 눈 크게 뜨고
대롱대롱
번갯불처럼 번쩍여도

눈꺼풀 내려간다

이리저리 낱말 퍼즐 맞추어도
눈꺼풀 내려간다

껌벅 껌벅
스르륵

비 오는 버스 안에서

목욕탕 선녀님

그림책 주인공
장수탕 선녀님◆

목욕탕 속
커다란 물방개

여기저기 풍 풍
다이빙 한다

익살스런 선녀님
양팔 흔들며
지휘할 때면

킥 크 킥

물방울
똑 또 똑

네 잎 클로버 시계

보리밭
개구리 팔딱!

꼬불꼬불
유채꽃 떨어질까

조심조심 곰 되어
걸어갈 때

메뚜기
달리기한다

밭둑길 토끼
깡충

하얀 꽃 머리에 모자 만들고

네 잎 클로버 시계 만들자

쌍둥이 항아리

뭘 먹었지

김장 배추 30포기
굵은 소금 열되

배가 부른가 봐

바람 불어도
비가 내려도

커다란 우산 같은

우리 집 항아리

믹서기

배고파
　들
　　들

당근 먹고
야금야금

사과 먹고
　들
　　들

서걱서걱
　들 들

믹서기는 인어처럼
돌아가네

김치냉장고

우리 집 우물은

비가 내려도
햇빛이 비쳐도

우물안에
네모난 김치통

물속에 줄타기
스르륵 스르륵

밧줄 타는 냉장고

스위치 없어도
변하지 않는

어항 속 온도계

밥통

배가 고파
짤칵 짤칵

밥솥을 열었다
"여기 찜질방이야, 너무 더워"

떼구르 떼구르

그릇에 흰쌀밥
수북수북

어느새 내 배는 불룩

기린처럼 서 있는 위성 안테나

눈 쌓인 항아리

여치집 까치집
하얀 짚더미 되었다

숟가락 한 스푼 두 스푼

마이츄 뽑을까
빼빼로 뽑을까

설탕 철철
아이스크림 쪽 쪽

장독대 쌓여있는
석빙고 무인 가게

이산야
동시집

건
반
치
는
닭

3
입 술 빨 간 모 기

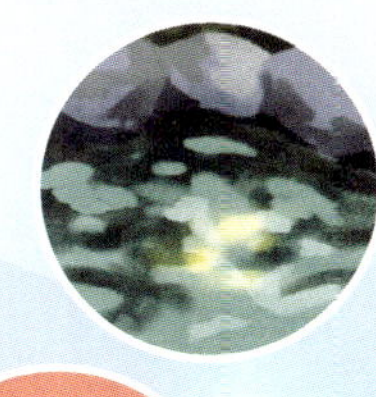

나이테

이리 기웃
저리 삐죽

언제 태어났지
언제 생일일까

생일 파티해야지
동그란 책상 위

긴 뿔 앞세우는
달팽이 한 마리

아기 메뚜기

책상 위 메뚜기
뜀뛰기 한다

불빛 보고 찾아왔나

손을 대면

캥거루보다 높이
토끼보다 길게

이리 뛰고 저리 뛰는
대륙 메뚜기 한 마리

상추

베란다 텃밭
여름 햇살이 찾아왔다

기다란
골목길 한 걸음 두 걸음
상추 향기

배추꽃나비
살포시 점프

상추밭 주인은
나야 나

감꽃

방긋 빵긋
웃는 너
바람 흔들흔들

곱슬 머리
뚝딱 뚝딱

단발머리 뚝 !

가위 소리 싸드락

사
르
르
떨어지네

산꽃

담벼락 기대어
햇살을 담는다

비바람 흔들어도
기분이 좋아 ?

잎사귀 두 귀처럼
쫑긋 쫑긋

한 달 두 달
자고 나니 잿빛으로 물들었다
햇살없는 담벼락

잿빛 모자 머리에 쓴
겨울꽃

나이테 2

많은 사람들이 밟고 지나간
오래된 너

몇 살일까

내 발을 올려보았다
240밀리미터

거미줄처럼 오래된 그림

비

까드락 끼드럭
또드락 또드락

푸른 물결
준비운동

하나 둘
하나 둘

장화 신고
철벅 철벅

꿈틀거리는 지렁이

포도

한 밤 자고 두 밤 자고
유치원생 되었다

대롱 대롱

초록 아파트
보라 아파트

포도 잎사귀
노란 기와집

까딱 까딱

모래

모래 위 내 이름 석자

파도는 쌩 쌩
지우개로 지워버리고

친구 이름 적을까
해심, 달심, 별심이

하얀 거품 싱싱하게
줄넘기한다

나 하나 너

거울 속 너
부르딩
잠이 덜 깼나

어항 속 금붕어처럼
껌벅 껌벅

생글 생글
좋은 일이 있나 봐
생일 선물 받았나

눈망울 위로 그네를 타네

친구하고 싸웠니
입술이 축
눈빛이 촉

너 안에 나 닮은
금붕어 있다

아아~

그림자

사박 사박

나를 따라온다

낙타 되어 태워줄까

새 되어 태워줄까

언제나 내 곁에

달빛 지킴이

우리 반장

모자를 잘 쓰는 정우는
언제나 싱글 생글

교실 문 여는 소리 드리릭

영숙이 혜숙이 입꼬리 올라간다
마술 사탕 먹었나

차렷, 경례! 정우 목소리

두근 두근
내 가슴 들키지 않겠지

마음 설레는 비밀주머니

꽃지 해변
 – 노천탕

안개 스멀스멀
펭귄들 뒤뚱 뒤뚱

도란도란
두런두런

아이 추워
하얀 날개 펼친다

이리 갈까 저리 갈까

36도 47도
이집 갈까 저집 갈까

소라 길 웃음소리

덜덜덜

밤하늘 별빛도
추워 추워

깜박 껌벅

벚꽃놀이

놀이터 벤치
하얀 구름 떴다

멜빵바지 입은
여섯 살 아이 어깨 위

분홍 구슬
　　뚝
　　뚝
하얀 구슬
　　똑
　　똑

그네 타는 아이
"아빠 무서워"

"우리 벚꽃놀이할까?"

두 팔 벌려
머리 위 구슬 잡아

비눗방울 놀이하는 날

하얀 구슬

　　톡
　　톡

그네 타는 아이
"아빠 재밌어"

바람

보이지 않네
어디야

낙엽이 다이빙
빙글 방글

발자국 한 걸음 두 걸음

따라간다

낙엽은 튜브처럼
물에 둥둥 떠 있다

배롱나무

빨간 리본 달고
그네 탄다

간질 간질
간지러워

여름 바람 분다고
부릉부릉

가을 온다고
심쿵심쿵

겨울 소리

추워 떨고 있다

한 바퀴 돌다
어디로 가니

바람은 말했다
호주머니 속에 들어갈게

꼭 꼭

나뭇가지 손잡으며

스르르
새처럼 날아간다

꽃 이불

배롱나무 울타리
아기새 노래한다

어머!
만질까 말까

바람이 불었다

빨갛게 물드는 두 뺨

모기들 합창

불빛이 좋아
윙 윙 윙

작은 날개 펼칠까
작은 소리

웅 우 웅 우

힝 힝 힝
큰 날개 펼칠까
큰소리 흥얼 흥얼

입술 빨간 모기는
늘씬한 내 다리 위에

뜀뛰기 하네

방귀 시합

뿡 붕 뽕

아

스컹크 한 마리
왔다 갔나

붕 붕 부 부
으 으 으

오빠 방귀
통 통 통
웃음꽃 피우고

내 방귀
통 통 통
흐흐흐
코 큰 당나귀 되어

오빠가 이기나

내가 이기나

밤새 통 통
방귀 모음

이산야
동시집

건
반
치
는
닭

4

송정 바다

솔
솔

석가탑일까
다보탑 일까

파도의 탑들이 여기저기
나란히 쏴아 밀려온다

귀볼 만질까 말까

통 통 통
고슴도치 뛰어간다

바나나 향기
담아 담아

윙 윙 윙

서핑보드 좋다고

야

호

석가탑이 뜀뛰기 한다

기억

머리에 담았는데
며칠 자고 찾아보니

펑 터져 버린
비눗방울처럼
어디로 갔지

연필 가루 수놓아
호주머니에 담았나

아니 아니

가방 속에 담았나
아니 아니

풍선처럼 둥둥
잡을 수 없다

허공에 눈빛만 껌벅
메모리 게임◆

◆ 똑같은 모양 찾는 게임

해변 열차

끈끈한 젤리처럼
땀 흘린다

롤리팝 막대 사탕처럼
동해바다 철길 따라

싱 잉 싱
가을 잠자리 달린다

청사포 바다 안개
뿌 우 욱

빨간 등대 쌍안경 너머
송정 여름바다

덜커덩 덜커덩

바람 소리

제10호 태풍 산산
길 막는다

태권도장 가방 들고
사거리 서서
초록 신호등 기다린다

바람이 분다
내가 달린다

탱글탱글 낙엽이 바르게 날아가는 모습
송골매 닮았다

달린다

힘차게 뜀박질 한다

바람은 눈을 질끈 감고 달렸다

제주 은갈치

길쭉한 입술

깜박거리며

배 타고 왔나
기차 타고 왔나

은빛 머플러
키재기하며

길쭉 꼬리

동글동글 굴렁쇠만 돌리네

길

길을 걷는다
그냥 걷는다

화살표가 없다
안내판도 없다
그래도 걷는다

걷다 보니 정착지가 보인다

길
　은 길
　　　　은
도장 깨기

정착지

별

떨어질까
별똥별

멍석 위 팔 벌려
별 세워본다

북쪽별 카시오페이아
남쪽별 왕관자리

폭포수 그린다
"쏴 아 쏴"

오로라 해마처럼 머리 흔든다

은희 별 그려보고
지수 별 그려보고

캔디 사탕
대롱대롱

잡을까
말까

윙윙 거리는 모기떼
다닥다닥
모닥불 소리에 도망가는 모기 뒷다리

달빛 참외

고추밭에 심었던
참외 몇 그루

"노랗게 익어서 맛이 있더라"
숙자 엄마 목소리

고양이 야옹 하는 소리처럼
내 귀에 들렸다

달이 뜰 시간 기다려진다

가방 목에 걸고
고추밭 살금살금

푸른 보자기 같은
참외 잎사귀
족제비 같은 내 두눈 가린다

달달한 냄새 풍기는
참외 꼭지 비틀어
가방에 담을 때

초록 개구리 팔딱
지뢰밭 같은 고추밭 안내를 한다

정례

내 친구 이름은 정례

메뚜기처럼 잘 뛰고
침팬지처럼 나무도 잘 타는

하하 호호

정례는 사냥개 코
한여름 장독대 올려놓은 친구 집
팥죽도 쿵쿵 사브작 사브작
어느새 쓱 쓱싹 입으로

내 친구 정례는 잠자리 눈

외양간 아기 소 부스럭거려도
배고픈 시간 맞춰 준비를 하지요

내 친구 정례는
우리 동네 참나무

흰 고무신

우리 엄마 흰 고무신
마루 아래 숨겨두고
엿장수 오기만 기다린다

짜가락 짜가락
머리카락 됩니다

짤깍 짤깍
고무신도 가져와요

짤깍
숟가락도 돼요

엿장수 아저씨
나팔 불 때

엄마 고무신 보자기 담아서
엿 바꾸러 가요

검정 고무신

짤각 짤각
달달 맛 슬슬

누렁누렁 고무신
까만 토끼 껑충

양손 어깨 저울질한다
인절미 찐득찐득

새끼줄 돌돌

집 더미 속 까꿍
마루 아래 숨었다

너도 들고 나도 들고
짤 짤 소리 따라

대추나무

아파트 뒷골목
길을 가다가
푸른 이파리 아기 손처럼 흔드는 대추나무 보았다

조금 있으면
좁쌀처럼
뭉실뭉실

아기 대추가 자라겠지

시원한 바람
나뭇잎 사르르 흔들린다

아기 대추 더 깊은 잠에 빠져들겠지

가위 바위 보

아무도 없다

미끄럼틀은
기다린다

언제 오지

다 어디로 갔지

테이지 꽃
미끄럼 탈까

토종 민들레
빵긋

다 어디로 갔지

아이들 소리

1월의 눈

누가 먼저 나왔을까

시골 골목길 썰매장

짚더미 방석 깔아
씽씽 달린다

하얀 토끼 구경 왔나
강아지 뛰어 갔나

엉덩이 돌려 돌려
엉덩방아 찧고

누가 먼저 나왔나
골목길 썰매장

명태

파닥 프닥
헤엄치는 모습
하얀 파도 너울이었어

핫팩 호주머니 담아
점심 저녁을 따뜻하게 해주는 너

나를 보는 순간
네 눈은 반짝거렸지

내 이름은 무태
나를 데러가 줄래?

너와 함께 우리 집에 오면서

동해바다 향기는
내 코를 간질간질
하 하 호
해바라기 되었다

귀마개처럼
따듯 한 너

너 이름은 무태◆ 아닌 명태

◆ 화산면 지역어로 '명태'라는 뜻

명태의 마음

그곳이 더 좋아

뚜벅 뚜벅 한 어부
동그란 알 품고
누워있는 속초어판장

하얀 스케치북
색칠하다 콜콜

아른 아른 봄바람이 좋아

그래도
그래도

쌩쌩거리던
엄마의 품

찬바람 불던
걸음 멈추고

나를
찾아온다

동해남부선

철둑길 너머
무궁화 꽃

핑크색 하얀색

철폭 철폭
철겅철겅

태화강 종착역

나무도 꿈틀 나비도 팔랑

무궁화 향기는
번호판 달고

군함조처럼
날아가네요

해운대 해수욕장

피용 피용
물총으로 노래하는
파도 소리

한 발자국 두 발자국
까치발 뛰어본다